Protecteur Accidentel

Séries de Roman d'amour
Accidentellement Vôtre

Scott Wylder

Sommaire :

Chapitre 1

(Seth Kline)

Je suis le genre de gars plutôt introverti. J'aime conduire mà Harley avec des amis les week-ends et tenir mon bar durant la semaine. Bien sûr, le bar n'est pas un travail nécessaire—mon compte en banque a été bien gonflé il y a des années, en partie par mon héritage et en partie par mes investissements en actions. J'aime juste ce travail et la plupart des gens qui fréquentent le bar. En tant que barman, vous rencontrez de tout et ça me plait, mais après la fermeture je préfère être dans mon coin, seul dans mon petit monde, perdu dans mes propres pensées.

Quant à s'impliquer dans les affaires des autres, en particulier leurs affaires privées, je l'évite à tout prix. Si le petit ami, le fiancé ou le mari d'une femme vient dans mon bar et prend une autre nana, c'est leur affaire et je ne vais pas m'en mêler. Même chose si une femme ou une petite amie fait pareil. Je ne suis pas conseiller en relations.

Je n'ai pas de relations régulières pour une raison. C'est une raison toute simple. Tu ne peux faire confiance à personne parce que tu ne peux jamais vraiment connaître quelqu'un. Et donc je garde mes relations légères, amusantes et courtes. Très, très courtes.

Une chose que je ne tolérerai jamais, c'est la violence domestique. Si une brute entre et commence à pousser sa petite amie ou sa femme, il va avoir affaire à moi. Et puis aux flics, parce que je n'hésite pas à les appeler dans de telles situations. Malheureusement, l'alcool exacerbe généralement la violence chez les personnes déjà sujettes à ce défaut de caractère. J'en ai vu pas mal de cas et j'y ai mis fin.

Quelques semaines après, je finis par revoir le même couple ensemble, riant, buvant, prêts à revivre à nouveau la même situation. Je n'ai jamais compris pourquoi une femme continue à subir ce genre de traitement, mais ça arrive souvent ici.

Mais ne vous méprenez pas quant à moi. Je n'ai pas de complexe du héros ou du chevalier blanc. Non. Je ne suis pas un héros, pour sûr. Il y a juste certaines choses que je ne tolérerai jamais et cela se trouve être l'une d'elles. Donc, quand Katrina Hendren entra dans le bar, suivie peu après par son petit ami, je n'avais pas prévu de devenir proche d'elle. Quand Curtis Rake a commencé à la frapper, je voulais seulement l'arrêter.

Et je l'ai bien arrêté. Mis à terre d'un solide coup de poing en plein milieu de son visage de belette.

Penché pour vérifier son pouls, j'ai crié à Barty, "Mec, appelle le shérif. Dis-lui qu'on a un autre colis pour lui."

"Déjà fait, patron." Barty a agité son téléphone avant de le glisser dans sa poche et de retourner servir les clients.

Barty Cray était un homme bien. Jeune, intelligent, idéaliste, et partageant les mêmes valeurs que moi. Nous étions amis depuis de nombreuses années.

Quand je me suis tourné pour m'occuper de Katrina, elle était partie. Une des femmes du bar m'indiqua du doigt la porte dérobée. "Elle est partie dans la ruelle dès que tu t'en es mêlé, Seth."

Je jetai un coup d'œil par la porte. Aucune trace d'elle. Peut-être qu'elle n'avait pas réalisé que j'avais assommé le petit merdeux qui la battait. Peut-être qu'elle s'en foutait. Elle était entrée par la porte d'entrée avec ce regard de biche aux aguets et j'avais su ce qui se passait avant même que Curtis ne soit entré avec l'assurance d'un petit coq de combat égoïste n'ayant jamais perdu de match.

Katrina avait vécu ici aussi longtemps que moi. Elle avait six ans de moins que moi et nous n'étions pas vraiment dans le même cercle quand nous étions plus jeunes, mais maintenant que nous étions tous les deux adultes depuis un certain temps, nous nous croisions en ville et elle venait dans le bar de temps en temps. Nous discutions parfois en passant, juste la causette habituelle, comment va ta mère ? Comment est ton bar ? Drôle de météo cette semaine, non ? Ce genre de banalités, mais elle m'avait toujours fait un peu d'effet. Elle était magnifique et j'étais un homme qui remarquait ce genre de chose. Non seulement j'ai remarqué, mais j'ai réagi.

Le shérif était venu chercher Curtis à la prison du comté. Un jeudi soir comme les autres au Big Hat. J'étais encore déçu que Katrina s'était enfuie sans un mot - Je savais qu'une conversation complète aurait été hors de question, mais elle aurait pu rester assez longtemps pour me remercier.

En fermant le Big Hat pour la nuit, je vérifiai à nouveau l'allée cherchant un signe qu'elle était peut-être là après tout, ou bien qu'elle était peut-être revenue. Rien. Aucun signe de Katrina.

En rentrant chez moi, je pris la route que Katrina aurait prise si elle était retournée chez elle après l'épisode au bar. Il n'y avait toujours aucun signe d'elle et j'essayais de ne plus penser à elle pendant que je me préparais à aller me coucher.

La nuit suivante, à l'heure de fermer, j'avais déjà oublié l'incident et l'ingrate Katrina. C'est là qu'ils appartenaient. Dans le passé. Ne jamais s'attacher. C'est ma devise. S'attacher est la recette pour la douleur, le chagrin, et souvent le désastre.

En moins d'une semaine, je suis sûr que j'avais tout oublié. Cela persistait comme un fantôme dans un coin de ma conscience pendant plus longtemps, beaucoup plus longtemps que la plupart de ces sortes de choses. Après tout, je gère un bar où les gens viennent pour s'enivrer – ils boivent pour oublier leurs problèmes ou ils boivent suffisamment d'alcool pour au contraire leur causer encore plus de problèmes. En d'autres termes, ces types d'incidents se produisent souvent. Plus souvent que j'aime à penser, vu la petite taille de cette ville. À moins que quelque chose n'arrive pour remonter les vieux incidents, ils sont toujours remplacés par de nouveaux. Niveau infractions, c'est comme une porte tournante ici, surtout en été.

En été, la chaleur exerce un effet sur l'humeur des gens et sur la taille des vêtements pour femmes. Il suffit d'ajouter de l'alcool pour rendre les soirées excitantes et parfois violentes.

Chapitre 2

(Katrina Hendren)

Curtis m'a fait chier pendant un an et demi. J'avais accepté un seul rencard avec lui à l'époque et il continua ensuite à s'accrocher, à me harceler pour obtenir un autre rendez-vous. Après un certain temps, c'était devenu mignon— de la même manière qu'un chiot qui vous suit partout est mignon. Après ça, je ne sais plus quand, il n'y a pas de moment précis où je peux regarder en arrière et dire que c'est arrivé là, nous sommes devenus un couple.

Je ne me souviens pas avoir accepté d'être sa petite amie régulière ou quoi que ce soit de cette nature, mais c'est exactement ce qui s'est passé. Je suis devenue sa propriété privée. Je sais qu'il y a environ six mois, il commença progressivement à me dire comment m'habiller ; c'est arrivé en douceur, lentement, vous savez. Tout comme le changement de saison, si lentement que tu ne te rends pas compte qu'il fait froid jusqu'à ce qu'un matin tu marches dehors pour monter dans ta voiture et te dise, wow, j'aurais dû mettre mon manteau. C'est comme ça qu'il s'est arrangé pour me dire comment m'habiller, où aller et à quel moment, à partir de quand je me maquillais trop, comment je devais me coiffer, et même à qui je devrais et ne devrais pas parler au téléphone et en public.

Si je n'avais pas été aussi distraite par ses gestes trop gentils, trop collants, trop pleins d'attention qu'il faisait tous les jours, j'aurais pu m'en rendre compte plus tôt et ne pas me mettre dans cette situation. Mais je n'avais pas réagi à tous ces indices, et me voilà aujourd'hui.

On était sorti pour un dîner tardif et un film. Nous allions passer une belle soirée. En réalité, j'étais impatiente d'y être. Puis, c'est arrivé. Braden Gaines m'avait remarqué quand j'étais sortie du restaurant avec notre nourriture et m'avait salué avec un grand sourire—le gars était comme un frère pour moi pendant des années, mais nous étions devenus distants au cours des deux dernières années. Il m'avait demandé des nouvelles de la famille et je lui avais demandé comment allaient sa femme et sa fille.

Curtis était assis dans la voiture et avait observé tout l'échange et il était évident qu'il était de plus en plus en colère. Naturellement, il n'avait pas le courage de sortir et de dire quoique ce soit. Je montai dans la voiture avec notre nourriture et il s'engagea sur la route principale sans un mot ou un regard pour moi.

"Putain c'était qui ça ?" Il avait presque crié une fois que nous étions en route, prenant de la vitesse ; trop de vitesse pour la ville.

"C'était Braden Gaines." Je savais exactement de quoi il parlait.

"Pourquoi il te parle tout souriant et content ? Il y a un truc entre vous deux ?"

J'étais si choquée que je ne pouvais que rire. Quelle idée ridicule ! Je ne suis pas un ange mais je n'ai jamais été une menteuse, une voleuse, ou une tricheuse et il aurait dû le savoir.

Je n'aurais pas dû rire. Apparemment, Curtis pensait sérieusement que Braden et moi avions une aventure parce que lorsque je tournai mon regard de la fenêtre pour lui faire face et nier sa stupide accusation, il me gifla sur la joue gauche.

Pendant une fraction de seconde, je ne savais pas ce qui s'était passé. Mon monde était composé de lumière blanche et argentée sur mon côté gauche, puis la douleur me frappa, et je mis ma main sur ma joue. Ce fils de pute m'avait frappé. Comment ose-t-il ?

Curtis hurlait, mais je ne pouvais rien entendre d'autre qu'un son aigu qui s'était élevé dans ma tête, oblitérant tous les autres sons externes. Il m'a *frappé* ! Le fixant, incrédule, tenant encore ma joue, j'essayai de comprendre tout ce qui se passait. Mon cerveau confus n'arrivait pas à accepter la situation.

Il leva à nouveau sa main vers mon visage, cette fois tout semblait se dérouler au ralenti et je bloquai le coup avant qu'il ne m'atteigne. La force de son avant-bras contre le mien alors que je bloquai le coup me repoussa violemment dans mon siège, secouant mon corps entier. Puis, il freina brusquement et je fus projetée vers l'avant contre ma ceinture assez fort que pour me retrouver sans souffle.

Dès que la voiture s'arrêta, je n'avais pas réfléchi, j'arrêtai d'essayer de comprendre la situation et ouvris ma ceinture de sécurité. Je sortis de la voiture et je me précipitai sur le trottoir avant même de savoir que j'avais l'intention de sortir.

Où je me dirigeais n'avait aucune importance. Loin de Curtis était tout ce qui comptait. La première porte ouverte était celle menant au bar du Big Hat— le bar de Seth Kline. Je me faufilai là-bas et me précipitai devant le bar, essayant de me fondre dans la foule, de disparaître avant que Curtis ne puisse m'attraper, mais la foule continuait à s'ouvrir, s'éloignant de moi comme si les gens savaient que je traînais des problèmes derrière moi.

Désorientée, j'essayai de voir l'autre porte de sortie, mais n'arrivais pas à la trouver. Et puis Curtis était là, me giflant, me tirant par les cheveux, et il ne l'était plus. Seth était venu du bar et avait frappé Curtis, le mettant par terre.

À ce moment-là, j'avais vu la sortie dérobée et j'avais couru vers celle-ci, disparaissant dans la ruelle avant que Curtis ne puisse réagir.

Deux semaines plus tard, je n'arrivais pas à arrêter de penser à Seth. Venir à ma défense comme ça avait laissé une profonde impression dans mon cerveau et je sentis que j'avais une énorme dette de gratitude à lui repayer. Seth est facile à aimer, difficile à connaitre, et très sexy. Le faible que j'avais pour lui quand nous étions plus jeunes était fort et dura presque un an— et à la fin, je me suis rendu compte qu'il n'éprouvait rien pour moi parce que j'étais trop jeune pour lui. Du moins, c'est la seule raison valide que j'avais trouvé, j'avais donc tourné la page.

Seth également. Il avait une réputation de mauvais garçon dans la ville, et c'était mérité, je sais. Il a une longue collection d'aventures avec des femmes, mais jamais une seule relation sérieuse. Beaucoup de femmes ici parlent en mal de lui à cause de ça, mais toujours avec un sourire sur le visage comme si elles aimeraient être la prochaine dans son lit. Certaines sont jalouses parce qu'il n'a pas encore couché avec elles.

Moi ? J'ai des sentiments partagés à ce sujet. Curtis venait de me rappeler pourquoi j'avais évité les relations sérieuses toutes ces années.

Même si je ne pouvais pas le sortir de ma tête, je pensais qu'il valait mieux lui envoyer une carte de remerciement par la poste et ne pas aller le voir personnellement. Je n'avais pas besoin que quelque chose comme ça parviennent aux oreilles de Curtis. Il sortirait de prison assez rapidement et il viendrait probablement me chercher de toute façon. Lorsque cela arriverait, je n'étais pas certaine de ma réaction envers lui. J'appellerais probablement les flics.

Chapitre 3

(Seth)

J'avais complètement oublié l'incident au bar avec
Katrina quand je suis allé à la boîte aux lettres hier, mais
une enveloppe avec une écriture typiquement féminine sur
la lettre, et son nom sur l'adresse de retour me rappela tout
ça en un éclair. Ce souvenir eut sur moi un impact que je
n'avais jamais anticipé.

Sans m'en rendre compte, je m'étais inquiété pour
Katrina. Cette émotion s'était emparée de moi en regardant
l'enveloppe. Oubliant momentanément le reste du courrier,
et il y avait une belle pile ce jour-là, je fermai la boîte aux
lettres et je déchirai l'enveloppe pour l'ouvrir, en prenant
soin de ne pas abîmer l'écriture.

À l'intérieur, il y avait une simple carte de
remerciement, celle que vous pouvez acheter au
supermarché ou dans les épiceries du coin. Dessus, une
femme style bande dessinée tenait ses mains jointes devant
elle, sa tête penchée sur le côté, ses yeux larges et
innocents. À l'intérieur, il y avait un papillon traversant le
côté droit avec un ruban bleu marquant sa trajectoire à

partir du côté gauche. En dessous, imprimé en gras, il y avait un Merci pour votre gentillesse.

Katrina avait écrit à la main, de son écriture très féminine et soignée : *Cher Seth, Merci pour ce que tu as fait au bar l'autre soir. Même si je suis partie sans rien dire, j'apprécie ton action. Si tu as besoin de quoi que ce soit, n'hésite pas à me le faire savoir.*

Avec gratitude,

Katrina

Je lus la note trois fois. Les mots m'avaient touché, bien que je sois encore un peu confus quant à la raison. C'était peut-être les mots simples et directs. C'était peut-être le fait qu'elle soit reconnaissante et qu'elle ait pris le temps de me le faire savoir.

Peut-être que c'était juste le fait qu'elle me remerciait.

Je remis la carte dans l'enveloppe et marchai dans l'allée vers ma porte. Katrina avait pensé à moi tout ce temps depuis l'incident. J'aimais le fait qu'elle pense à moi. J'aimais bien Katrina.

En ouvrant la porte d'entrée, je regardai à nouveau l'enveloppe, avec des fourmillements dans la poitrine, et je rentrai ensuite, fermant la porte derrière moi.

En plaçant la pile de courrier sur la table de la cuisine, j'envisageais de lire sa carte à nouveau, mais le bon sens l'emporta, et je me moquai de moi-même. Qu'étais-je ? Un ado qui a le béguin ? Non. J'étais un homme adulte aucunement intéressé par des relations quelles qu'elles soient. Et cela devait continuer comme cela pour ma propre tranquillité d'esprit.

Il n'y avait rien de mal dans ma vie telle qu'elle était— pas de petite amie stable, certainement pas de fiancée ou de femme. Je n'avais pas à me soucier que quelqu'un me mente, triche, ou joue avec mes sentiments.

Je jetai la carte à la poubelle et me tournai vers le reste du courrier, essayant physiquement d'évacuer de mon esprit la belle aux yeux de biche qui m'avait envoyé la carte.

Plus tard, j'appelai Sonia et m'arrangea pour qu'elle passe la nuit chez moi après nos shifts au bar. Elle pourrait m'aider à effacer Katrina de mon esprit. Plantureuse, aventureuse, blonde. Des lèvres roses et des ongles pourpres. Des tatouages à tous les bons endroits. Construite comme un rêve. Voilà qui était Sonia.

Aussi belle et sexy qu'elle fût, Sonia n'arriva pas à me faire oublier Katrina. Sonia, en colère à cause de mon manque de concentration, rentra chez elle peu après notre arrivée chez moi. Elle me dit qu'elle pouvait entendre des histoires amoureuses tristes toute la soirée au bar si elle était intéressée par ce genre de choses.

Lorsqu'elle partit, la porte claqua bruyamment, marquant ainsi une finalité—c'était la fin de la nuit pour moi.

En m'endormant, Katrina dansait dans ma mémoire et dans ma tête, apparaissant exactement comme la nuit où j'avais frappé Curtis. J'avais mal pour elle, et son regard effrayé, même si ce n'était qu'un souvenir, me fendait le cœur.

Je me réveillai peu après le lever du soleil. Je n'avais pas dormi longtemps, ni profondément, mais j'avais rêvé de Katrina durant tout mon sommeil.

Chapitre 4

(Katrina)

Seth avait sûrement reçu ma carte. Je me dirigeai vers la ville dans l'espoir de tomber sur lui. Je n'avais pas été capable de l'oublier, lui et son acte héroïque. Son geste était de plus en plus présent dans mon esprit. J'avais peur que si je n'aille pas le voir en personne, je commencerais à me l'imaginer habillé d'une cape et volant au secours des demoiselles en détresse.

Curtis étant hors-jeu pour un bon moment, j'avais pendant quelques temps laissé libre cours à mon esprit et à mon cœur, et il s'était arrêté sur le mauvais garçon super sexy de la ville - Seth Kline. Je ne parvenais pas à comprendre pourquoi je ne l'avais pas poursuivi avant. Peut-être parce qu'il était connu pour être un coureur de jupons.

Ouais, c'est sans doute pour ça. Mais j'avais formé l'opinion qu'il avait simplement besoin de la femme qu'il lui fallait et qu'il se calmerait alors. Pas abandonner la vie de bar, ou la moto, mais qu'il se stabiliserait et qu'il aurait une petite amie stable—et j'étais partante pour cette position. Je pensais pouvoir lui donner *envie* de se caser. Il me donnait envie de lui faire des choses folles et aberrantes. N'importe quel homme aimerait se caser avec une femme folle de lui et qui le comble au lit. Non ?

Tout en me rongeant nerveusement les ongles, je faisais le tour du pavillon sur la place publique, me demandant s'il fallait que je me rende chez Seth pour le remercier personnellement. Est-ce que ce ne serait pas un peu trop comme me jeter sur lui ? Oui, ce serait trop direct et ça pourrait lui faire penser que j'étais juste une groupie de plus pour un coup d'un soir ou trois.

Quatre-vingt-dix minutes plus tard, j'étais encore en train de marcher ; de réfléchir. Je ne pouvais pas rentrer chez moi avant d'avoir vu Seth ; je devais me prouver qu'il n'était encore qu'un homme, de chair et de sang, et très imparfait. Je n'avais pas besoin que ce fantasme devienne complètement démesuré et j'étais certaine que mon esprit était en train d'entretenir sa perfection.

Seth aurait dû passer devant moi en allant ouvrir son bar pour la soirée. Je m'étais délibérément placée sur son chemin et j'avais décidé d'attendre là jusqu'à ce que je le voie arriver. Je ne savais toujours pas si j'allais lui parler, attirer son attention, ou juste le laisser passer sans un mot.

Seth apparut dans sa grosse Chevrolet, tournant au coin de la rue tout en faisant vrombir son moteur, et s'arrêtant dans le parking public un peu plus haut dans la rue. Ses longs cheveux noir foncé virevoltaient dans la douce brise et je désirais les toucher, les caresser, les tordre et l'attirer vers moi.

Marchant vers moi, la tête baissée en tripotant son téléphone, Seth était un mirage sexy se déplaçant sur le trottoir à travers les rayons de soleil. Je voulais le dévorer, et toute mon attention était sur lui, chacun de ses mouvements me charmant de plus en plus.

Seth rangea son téléphone et leva les yeux. Il regarda quelque chose à ma droite, dans la rue, peut-être ; cela n'avait pas d'importance. Je pouvais voir son visage et sa perfection, c'était tout ce qui comptait.

Ses yeux se tournèrent vers moi et nos regards se croisèrent. Hésitante, je levai la main pour le saluer. Le reste arriva si vite que c'était presque fini avant que je réalise ce qui se passait.

Les yeux de Seth s'écarquillèrent, sa bouche s'ouvrant pour laisser échapper un cri que je ne pouvais discerner. Il fonça vers moi et mon cerveau confus pensait qu'il courait pour m'embrasser parce qu'il était heureux de me voir. Un large sourire grandit sur mon visage ; mais il continuait à courir et l'impact était imminent. Je reculai et me retrouvai par terre tandis que Seth criait à quelqu'un ou quelque chose dans la rue derrière moi, de l'autre côté de la place.

Un coup de feu retentit et je ressentis le souffle de la détonation sur la joue. Je criai et blottis mon visage contre l'épaule de Seth. Il se leva alors et se mis à courir.

Me roulant sur le côté, je le vis s'attaquer à un homme et il me fallut une seconde ou deux pour voir qui était cet homme. Un pistolet s'échappa de la mêlée, retombant avec fracas sur les pavés de la place, à côté des hommes qui se battaient. Les gens criaient et s'enfuirent de la place.

Les sirènes de la police retentirent alors dans la rue près de Seth et de l'homme qu'il avait plaqué et qu'il maintenait au sol, face à moi. C'était Curtis Rake.

Mon cœur se mit à battre beaucoup plus rapidement et pendant un moment mon champ de vision se rétrécit quand je me redressai. Curtis venait d'essayer de me tuer. La balle qui venait d'effleurer mon visage provenait de son arme et m'était destinée. Mon corps était comme paralysé et mes oreilles remplies d'un bourdonnement aigu.

Personne ne m'avait prévenue que Curtis allait être relâché.

Seth tenait Curtis par une clé de bras et l'emmena vers un arbre. Curtis se débattait, mais il n'était pas de taille à lutter contre Seth, bien plus grand et plus fort. Deux policiers se précipitèrent sur la place et crièrent quelque chose aux hommes et Seth fracassa la tête de Curtis contre le tronc d'arbre le plus proche, puis le relâcha, recula en levant les mains et se soumis aux flics, tout en rigolant pendant que Curtis s'effondrait par terre, de nouveau inconscient .

Un second véhicule et un troisième se sont arrêtés et d'autres flics se mirent à courir en direction de la place et dans ma direction.

Une fois l'incident éclairci et toutes nos déclarations enregistrées, Seth me demanda si j'allais bien.

"Je pense. Si tu n'étais pas passé dans la rue à ce moment précis, … " je laissai les mots s'échapper, sans vouloir finir la phrase. Sans Seth, je serais morte.

"C'est fini maintenant et après ça, il ne sortira pas de prison de sitôt. Viens avec moi. Je te ramène chez moi pour la nuit. Pas de mauvais tour ; juste une nuit sans souci ni crainte pour toi."

Il m'offrit sa main et je la pris. J'étais trop épuisée mentalement pour faire autrement, et je n'avais pas envie de passer la nuit seule dans ma maison si loin des autres. Je me sentirais plus en sécurité chez Seth.

Le lendemain matin, peut-être que tout ça ressemblerait à un mauvais rêve. Le lendemain, je pourrais recommencer ma vie en sachant que Curtis était vraiment parti—au moins assez longtemps pour me donner un peu de temps pour commencer une nouvelle vie sans me soucier de l'endroit où il allait réapparaître.

Chapitre 5
(Seth)

Sans réfléchir, j'avais risqué ma vie pour protéger Katrina—encore une fois. Il semblait que le destin avait réussi à nous pousser ensemble pour la deuxième fois. Quand je lui avais proposé de passer la nuit chez moi, c'était un geste tout à fait innocent. C'était seulement pour qu'elle se sente en sécurité pendant une nuit pendant que ce bon vieux Curtis était en train d'être chargé et mis au frais pendant un bon moment.

Ma mère me disait toujours que la route de l'enfer est pavée de bonnes intentions. Je crois que je comprends un peu mieux maintenant. Bien que j'avais combattu et tenté par tous les moyens de rester loin de Katrina pour préserver mon style de vie de célibataire et ma liberté, le destin avait prévu autre chose pour moi.

Depuis que je l'avais vue cette nuit-là au Big Hat, fuyant les abus de Curtis, je la voulais, je voulais la protéger, la tenir, la prendre dans la nuit et la faire mienne. Cette première poussée de désir, entretenue par l'adrénaline, s'estompe généralement après quelques jours, même dans mon subconscient. Ce n'est pas la première fois, mais c'est la première fois que je n'ai pas réussi à m'en débarrasser.

Katrina descendit habillée d'une de mes vieilles chemises et d'une de mes paires de short. Je passais devant les escaliers quand elle est descendue. Sa beauté, son style charmant et innocent que lui donnaient ces vêtements trop grands, ses cheveux tombant doucement autour de son visage bronzé et magnifique, me coupèrent littéralement le souffle. Pendant un instant, j'oubliai les boissons que j'avais préparées et que je ramenais à l'endroit où nous allions regarder la télévision jusqu'à ce qu'elle sente assez confortable que pour s'endormir.

Debout, les yeux rivés sur elle et la bouche ouverte, tout ce que je pouvais penser, c'était à quel point je voulais la voir descendre ces mêmes escaliers nue. De préférence après avoir obtenu ce que je voulais d'elle.

J'avais un début d'érection, et je repris mon souffle juste à temps pour lui dire que les boissons étaient prêtes et puis je passai à autre chose avant que la situation n'empire pour moi. Je n'avais jamais été nerveux avec une femme avant, surtout quand elle m'excitait. Le plus souvent, je rendais mes intentions claires pour la femme. C'est comme ça que couchais la plupart du temps. D'après mon expérience, si une femme savait que j'étais dur pour elle, ça l'excitait et on faisait l'amour.

Je n'avais jamais eu de problème avec cet arrangement avant. Pour une raison ou une autre, je ne voulais pas que Katrina remarque que j'étais excité. Je n'étais pas sûr qu'elle s'y opposerait, mais j'avais l'impression de profiter d'elle, et je ne voulais pas ça. Ce n'est pas que je n'avais jamais profité de situations similaires avant, mais pour cette fois je ne voulais pas que cela se passe comme ça avec Katrina.

Elle me suivit dans mon antre. Nous avons bu du whisky et regardé de vieilles rediffusions de *La Quatrième Dimension* jusqu'à ce que le soleil commence à se lever. Elle avait finalement bu assez d'alcool que pour avoir sommeil. Je lui montrai la chambre d'amis à l'étage et la laissa, et, appuyé contre la porte après l'avoir refermé derrière moi, j'écoutais ses doux ronflements un moment.

La seule chose que je voulais faire à ce moment-là était de m'éloigner de sa porte avant que je ne décide de retourner dans la chambre, de me déshabiller, de me glisser sous les couvertures avec elle, et de faire glisser mes shorts amples le long de ses hanches élancées et séduisantes et de lui faire l'amour passionnément jusqu'à ce que nous soyons tous les deux épuisés.

En m'éloignant de la porte, je me dirigeai vers ma chambre au bout du couloir. Le sommeil vint facilement ce matin-là. Et avec lui des rêves érotiques de Katrina dans lesquels je faisais toutes ces choses que j'avais consciemment pensé avant.

Dans mes rêves, je n'avais pas de crise morale à la baiser dans toutes les positions et dans tous les orifices, en public et en privé.

Il me semblait que j'étais resté là à profiter de ces rêves pendant des jours, même si ce n'est que trois heures plus tard que mon alarme me sortit de ma rêverie. J'étais si dur au réveil que mon pénis palpitait douloureusement pendant dix minutes avant que l'érection ne s'estompe.

De ma salle de bain, je pouvais entendre les bruits de quelqu'un en train de cuisiner dans la cuisine en bas. Katrina était déjà réveillée et avait apparemment faim. Elle avait refusé tout ce que je lui avais offert à manger la veille.

Je trainais en descendant jusqu'à ce que je sois sûr qu'il n'y ait plus aucune trace de mon érection qu'elle pourrait remarquer à travers mes vêtements. Dans la cuisine, Katrina, toujours dans mes vêtements amples, mais évidemment sans son soutien-gorge, se tenait à la cuisinière, retournant des crêpes dans une poêle et des œufs dans une autre. Le jus de saucisse et les biscuits chauds étaient déjà sur la table et le café était en train d'infuser.

Observant de l'entrée cette scène super-domestique, j'étais choqué de réaliser à quel point j'aimais ça. Tout dans mon cerveau s'arrêta et se mit à crier que je devais immédiatement l'emmener chez elle ou là où elle voulait aller—n'importe où sauf dans ma cuisine, dans ma maison, dans ma vie, menaçant ma liberté.

En se retournant, elle m'aperçut, et son sourire fut large, immédiat et authentique. "Bon matin, mon soleil. J'ai fait le petit déjeuner pour nous. C'est le moins que je puisse faire après tout ce que tu as fait pour moi. J'espère que ça ne te dérange pas." Elle se dirigea vers la table et plaça les œufs sur une assiette.

En bégayant, la main dans mes cheveux, je dis : "Non. C'est g...g...génial. Mais il ne fallait pas." Je m'assis lourdement à la table, sentant ma détermination s'affaiblir grandement.

Elle mit les crêpes sur une assiette et me fit un clin d'œil. "Je sais. C'est pour ça que j'ai vraiment aimé cuisiner, parce que je n'avais pas à … je le voulais."

Ses seins remuaient, me tentant, sous le tissu fin de la chemise que je lui avais prêté. Est-ce qu'elle me draguait en ne portant pas de soutien-gorge ? Probablement. Je n'arrivais pas à manger. Mon regard était sans cesse attiré vers ses tétons durs qui poussaient contre le tissu du t-shirt. Ses nichons étaient parfaits et faits pour être sans soutien-gorge. J'insisterais régulièrement là-dessus, si elle et moi sortions ensemble un jour, pensais-je.

À cet instant, je compris que j'avais l'intention qu'elle devienne mienne, de la réclamer de toutes les façons possibles.

Je savais que chaque mouvement de ses seins parfaits, suppliant d'être caressés, me menait droit aux problèmes.

Chapitre 6

(Katrina)

Passer la nuit chez Seth avait été la meilleure chose que j'avais accepté de faire en dix ans. J'étais crevée quand il me raccompagna dans ma chambre et me borda délicatement au lit, mais je me réveillai environ 3 heures plus tard, plus heureuse que je ne l'avais été depuis des années. C'était comme si le poids et le stress du monde m'avait été enlevé des épaules. J'étais *pétillante*. Et d'habitude, je ne suis pas du genre à *pétiller* comme tous ceux qui me connaissent peuvent en témoigner.

Je voulais exprimer ma gratitude d'une façon ou d'une autre, alors j'avais préparé le petit déjeuner pendant que Seth dormait. C'était un petit déjeuner copieux. Je n'avais pas cuisiné comme ça depuis plusieurs années— probablement depuis mon job dans un restaurant de petit-déjeuner et brunch juste à l'extérieur de la ville quand j'avais la vingtaine. Je me sentais bien et je chantais un air joyeux pendant que je cuisinais.

C'est probablement parce que si j'arrêtais de bouger, si j'arrêtais de le faire, alors mon esprit se serait rappelé

Curtis me tirant dessus en public. Ou, peut-être parce que peu de temps après que ça me traverse l'esprit, je pensais à comment Seth m'avait sauvé et à quel point il était sacrément sexy.

Je ne pensais pas que j'étais prête à commencer une autre relation ; j'y avais beaucoup pensé en buvant et en regardant la télévision avec lui la veille. La dernière chose dont j'avais besoin était de m'impliquer avec quelqu'un d'autre. Me retrouver moi-même, trouver ma propre voie après tant d'années passées à être liée à tous les caprices de quelqu'un d'autre, voilà sur quoi je devais me concentrer. Ça n'allait pas être facile, mais c'est ce que je devais faire maintenant.

Seth et moi avons déjeuné, parlé et ri. C'était un bon début pour une bonne journée. Seth a fini par m'aider à nettoyer la cuisine après le petit déjeuner. Lorsque sa main touchait accidentellement la mienne ou que nous cognions, mon cœur battait plus fort et j'avais des papillons dans le ventre. Je ne sais pas ce que ça provoquait chez Seth, si cela provoquait quelque chose—après tout, il était habitué à toucher des femmes, et volontairement, pas par accident.

La façon dont il me souriait dans la lumière brillante du soleil matinal tombant à travers la fenêtre aurait fait fondre même la femme la plus stoïque. Ah ! Il était peut-être le plus bel homme que j'aie jamais vu.

Une fois le petit déjeuner nettoyé, je dis à Seth que je rentrais à la maison. Je le remerciai avec effusion. Il me proposa de me ramener chez moi, mais je voulais marcher, être seule dehors, ressentir cette liberté de marcher seule au soleil et savoir que j'étais en sécurité pour une fois.

"Je me sentirais mieux si tu me laissais te ramener chez toi." Il avait dit alors qu'il se tenait sur le pas de la porte avec moi.

Après une minute ou deux de réflexion, je secouai la tête et je lui souris. "Non. Vraiment, j'ai envie de marcher. Tu as déjà fait tellement pour moi." Je me mis sur la pointe des pieds et visais pour planter un baiser sur sa joue.

Une fraction de seconde avant mon baiser, il tourna la tête brusquement et nos lèvres se rencontrèrent.

Mon instinct était de me retirer, mais sa main était à l'arrière de mon cou, m'attirant plus près de lui ; le baiser devenait plus intense. Je pensais que mon cœur allait exploser dans ma poitrine. Les papillons furent bannis, et mes genoux affaiblis.

Avant que je ne sache ce qui se passait, mes mains flottaient sur sa large poitrine, forte et dure et caressaient sa masse de cheveux noirs. Collant mon corps contre le sien, je me tenais là, remplie d'un besoin, un *désir* que je n'avais ressenti pour personne depuis des années. Était-ce juste le stress de la récente attaque et l'arrestation de Curtis ? Était-ce seulement le fait que Seth m'avait sauvé ? Est-ce que j'avais un fantasme sur mon sauveur ? Peut-être. Seth faisait descendre sa main dans mon dos, tenant mes fesses dans sa main, les serrant doucement d'abord, puis plus durement.

Il enfonça sa langue dans ma bouche et je gémis, m'appuyant de plus en plus fort contre lui. Les choix auxquels je réfléchissais quelques instants auparavant, avaient volés par la fenêtre ; la chaleur du moment emporta toutes les bonnes intentions que j'avais de trouver mon propre chemin, me trouver—parti ! Et, est-ce que j'avais remarqué ? Non. Si j'avais remarqué, m'en serais-je soucié ? Non.

Tout ce qui importait étaient les caresses de Seth, le baiser de Seth, le corps de Seth collé contre le mien sur le pas de la porte de sa maison. Je ne voulais plus être dans l'embrasure de la porte. Je voulais être dans son lit, son corps nu appuyant sur le mien dans les draps.

Seth me souleva sans interrompre le baiser. Il ferma la porte d'un coup de pieds tout en entrant dans le salon. Quelque part au fond de mon esprit, je réalisai qu'il se dirigeait vers les escaliers.

Chapitre 7

(Seth)

Le moment où j'ai décidé de tourner la tête et d'attraper le baiser de Katrina sur la bouche a tout changé. Toute la dynamique de la veille, de ce matin-là en fait, a été chamboulée, et les choses furent différentes entre nous. Elle se crispa contre moi seulement durant un très court instant, avant de fondre à mon contact, retournant mon baiser avec de plus en plus de ferveur, pressant son corps contre le mien.

Simplement par le fait qu'elle ait accepté mes avances, j'avais compris qu'elle me désirait autant que je la désirais. Elle n'était pas comme les autres femmes avec qui j'étais sorti au cours des années ; Katrina était différente. Je ne comprenais pas ce qui la rendait si différente mais je voulais vraiment la garder près de moi, au moins jusqu'à ce que j'en découvre la raison.

Ses tétons durcissaient, et je pouvais sentir ces petits bouts tout durs à travers le tissu fin de nos vêtements. Ça m'excitais tellement que j'éprouvais le besoin de peloter chaque partir de son corps. Son cul parfait dans ma main, je n'en pouvais plus. J'étais chaud pour elle ; j'étais dur pour elle et elle ne semblait pas vouloir résister. Je la portai jusqu'à ma chambre, l'embrassant, la dévorant à chaque pas. Ses jambes étaient enroulées autour de ma taille comme si elles avaient été faites pour cela, seulement pour moi. À travers ces shorts amples, la chaleur rayonnait sur mon ventre. Elle était aussi prête que moi pour la suite.

Nos bras s'entremêlèrent plus d'une fois alors que nous déchirions avidement les vêtements de l'autre, tous deux désireux de gagner notre satisfaction et de retirer les vêtements l'autre aussi vite que possible. Pour elle, peut-être que c'était pour qu'elle n'ait pas trop le temps d'y réfléchir et éventuellement tout arrêter. Peut-être. Mais je n'avais pas vraiment l'impression que c'était le cas. C'était comme si elle me désirait plus qu'elle ne voulait de l'air pour respirer ; j'étais la chose la plus importante dans l'univers pour elle à ce moment—et cela a encore plus attisé les braises de mon désir brûlant pour elle.

Être désiré de cette façon fait quelque chose à un homme—n'importe quel homme je parie. Il n'y a rien de tel que de regarder le visage d'une femme avec laquelle vous êtes sur le point de coucher et de voir ce besoin, cette envie, ce *désir* dans ses yeux, dans la courbe de ses lèvres et de ses sourcils. Cela faisait longtemps que je n'avais pas vu dans les yeux d'une femme un tel regard pour moi ; en fait, je ne me souviens pas avoir jamais vu une telle envie sincère chez mes nombreuses partenaires sexuelles au fil des ans.

En voyant ce regard sur le visage de Katrina et dans ces grands yeux bruns et innocents qui me permettaient d'apercevoir la vraie Katrina, jusqu'à son âme, j'étais réellement touché. Et ça, je peux vous assurer que ça ne s'était jamais produit avant. Avec toutes les autre femmes avec lesquelles j'avais couché, les relations étaient strictement physiques. Personne n'avait jamais suscité un tel sentiment et touché ainsi mon cœur.

Même si je voulais la dévorer, et violemment satisfaire mes besoins, je ne le fis pas. Je me forçai à y aller doucement. Passant ma langue sur chaque centimètre de son corps jusqu'à ce qu'elle se torde et miaule d'extase ; jusqu'à ce qu'elle me supplie de la prendre, de la satisfaire.

Pour combler son vœu, je l'ai fait jouir trois fois. Chaque fois plus intensément que la dernière, jusqu'à ce que je ne puisse plus tenir et que ses convulsions me fassent jouir. C'était l'orgasme le plus érotique que j'ai jamais connu.

Après cela, nous avons dormi tranquillement pendant des heures, blottis dans les bras de l'autre, les jambes enchevêtrées, dans un contentement paisible qui était nouveau pour moi.

Je me suis réveillé avant Katrina et je l'ai regardée dormir pendant plusieurs minutes. Mon cœur palpitait fort dans ma poitrine quand je la regardais. À ce moment-là, elle était la plus belle, la plus fragile, la plus innocente femme que je n'avais jamais vue et je ressentis le besoin certain de la protéger dorénavant. Je ne pouvais pas supporter l'idée de la voir rentrer chez elle, même pour une seule nuit. Non. Je la voulais avec moi tout le temps. Je ferais n'importe quoi pour continuer à lui faire l'amour comme la nuit précédente ; je ferais tout pour m'assurer qu'elle soit protégée de ce monde qui s'était montré si cruel pour elle jusque-là.

Doucement, je l'embrassai sur le front et elle se réveilla, s'étirant comme un chat, enroulant ses bras autour de mon cou, me tirant vers elle pour un vrai baiser.

Même si ça me faisais de la peine, je devais me lever et me préparer à ouvrir le bar. J'étais de service de nouveau jusqu'à la fermeture—comme je m'étais assuré d'être la plupart des nuits ; maintenant, je commençais à réévaluer cette situation. Cela me tiendrait éloigné de Katrina presque tous les soirs jusqu'à deux ou trois heures du matin.

Je lui demandai de rester, mais elle refusa, et je commençai à avoir peur. C'est là que ma stupide fierté apparut et que je commençai à me mettre en colère. Elle dit qu'elle avait juste besoin de se remettre les idées en place ; qu'il s'était passé beaucoup de choses au cours des derniers mois et qu'elle n'avait pas pris le temps de bien gérer tout cela.

Pour moi, ça sonnait comme l'excuse la plus pathétique au monde. Le sang me montait au visage et aux oreilles. N'avait-elle pas ressenti les mêmes choses que moi quand nous faisions l'amour ? À mon avis, elle me disait simplement que je n'étais pas assez bien pour elle.

Gardant le contrôle de mes émotions pour éviter une dispute, je lui dis, "C'est très bien. Tout simplement parfait pour moi. Vas faire ce que tu dois pour te remettre les idées en place." Je sortis par la porte et lui jeta une pique destinée à faire mal : "Hé, de toute façon, c'était bien tant que ça durait. A plus tard."

Je conduisis ma Chevrolet plus sèchement que nécessaire, mais j'étais énervé. Quand j'arrivai au bar, je réalisai que j'étais surtout énervé d'avoir perdu le contrôle. Comment avais-je pu laisser une femme m'affecter de cette façon ? Moi, avoir des fantasmes domestiques ? Putain ! C'était mieux qu'elle ait décidé de rentrer chez elle.

Qu'est-ce qui m'était passé par la tête ?

Je pense que c'était peut-être le début de la crise de la quarantaine.

Chapitre 8

(Katrina)

Coucher avec Seth avait tout changé. Mon monde avait été chamboulé et mis sens dessus dessous. Mon état de grâce avait duré plus longtemps et était plus profond que je ne le pensais à ce moment-là. Je ne pouvais pas tomber amoureuse de Seth Kline, mauvais garçon, protecteur des femmes ; Seth aimait ses vieilles voitures et ses motos ; il aimait son bar ; il aimait sa réputation de mauvais garçon ; et il aimait les femmes—pas quelqu'un à qui je pourrais donner mon cœur sans m'attendre à ce qu'il ne le brise tôt ou tard.

Quand j'ai quitté sa maison, je savais qu'il était contrarié que je refuse de rester, mais que pouvais-je faire d'autre ? Je ne pouvais pas me lever et abandonner le petit semblant de vie qu'il me restait en étant à son entière disposition jusqu'au jour où il en ait marre de ma compagnie, ou jusqu'à ce qu'il se trouve une nouvelle poupée et qu'il me dise de partir. Non. Je ne pouvais tout simplement pas.

Nous avions partagé une merveilleuse expérience et c'était suffisant. Au moins j'aurais un super souvenir de notre temps ensemble. Mais il était temps de passer à autre chose. C'est ce que je me disais de toute façon. Seth allait passer à autre chose ; cela ne semblait jamais être un problème pour lui. Il ne serait pas à la maison à regarder des rediffusions de vieilles émissions d'anthologie des années 70 et 80, alors pourquoi devrais-je le faire ?

Pendant trois semaines, j'évitais la ville—au moins les endroits où je pensais rencontrer Seth. L'ennui profond me guettait à la fin de la troisième semaine, et je devais sortir, je devais vraiment sortir au moins un petit peu.

Espérant avoir exorcisé le fantasme que représentait Seth de ma tête et de mon cœur, je m'habillai pour aller voir un film. Je n'avais pas vraiment d'amis que je pouvais appeler et inviter pour avoir de la compagnie—Curtis avait veillé à ce que je sois isolée, sous son emprise, répondant à tous ses caprices au cours des dernières années et je venais juste de comprendre à quel point j'étais isolée.

J'espérais que Curtis était en train de pourrir en prison—ou qu'au moins je ne le reverrais jamais. Chaque jour révélait de nouvelles façons qu'il avait utilisées pour détruire ma vie sociale. Ma famille se montrait distante avec moi. Curtis les avait rarement autorisés chez nous, même si ce n'était pas si clairement dit à l'époque. Et je ne me souviens pas de la dernière fois où j'étais allée chez mes parents pour leur rendre visite. Il y avait des numéros pour mes vieux amis dans ma liste de contacts, mais ça faisait des années que je n'avais pas parlé à la plupart d'entre eux. Il ne m'arrivait plus que très rarement de rencontrer des vieux amis en ville.

Tout le monde avait sa propre vie. Tout le monde sauf à moi, semblait-il. Les gens sont naturellement des animaux sociaux, qui ont besoin de contacts humains, d'acceptation, de faire partie d'un groupe plus large. C'est comme ça que les choses fonctionnent, l'ordre naturel, mais j'étais dorénavant complètement exclue de cela. Il me faudrait des années pour former de nouvelles relations importantes.

Les deux affiches du samedi soir au cinéma local étaient deux films d'horreur- l'un était tout neuf et l'autre datait des années quatre-vingt, la décennie des films d'horreur et des effets spéciaux vraiment bon marché. En conduisant pour m'y rendre, mon sentiment de déprime faisait progressivement place à de l'excitation.

Alors que je faisais la queue pour acheter un billet, je remarquai Mary, une collègue de travail, quelques mètres devant moi. Je commençai à la saluer, mais elle ne m'avait pas encore vue, et à la dernière minute je décidai de ne pas la saluer. C'était une femme d'âge moyen aux cheveux gris courts et soignés, aux jolis yeux bleus débordant d'intelligence derrière ces énormes lunettes à bords en corne qu'elle insistait pour porter. Bien qu'elle ne l'ait jamais dit, j'arrivais toujours à déceler à partir de ses expressions et de son langage corporel qu'elle désapprouvait Curtis Rake. Le pire qu'elle ne m'ait jamais dit directement à propos de lui, c'est qu'elle pensait que son nom de famille était approprié ; puis elle s'était enfuie et n'avait plus jamais parlé de lui.

Elle avait très peu à dire sur la fusillade-comme tout le monde au travail. Certaines des autres infirmières essayaient de m'éviter après l'incident, ce qui accentuait mon sentiment d'être seule au monde. Je suppose que chacun se sent comme s'il a déjà assez de problèmes dans sa vie, sans y inviter les problèmes de quelqu'un d'autre.

C'était une petite ville, donc les oh et ah de la situation se dissiperaient assez tôt. C'est toujours le cas dans une petite ville dès que la nouvelle juteuse suivante arriverait.

Mary me repéra alors que nous rentrions dans le théâtre 2. Son sourire s'élargit instantanément, faisant remonter ses joues, poussant ses lunettes vers ses cheveux de façon comique. Elle me fit signe de m'asseoir avec elle, et je le fis. Je suppose que c'était mieux qu'être seule.

Nous avons échangé des plaisanteries et posé des questions sur le week-end de l'autre jusqu'à présent. C'était comme si nous étions amies, même si ce mot pesait trop lourd pour ce que nous étions en réalité. D'après moi, nous n'avons jamais été plus que des collègues.

Après quarante minutes du deuxième film, Mary demanda pardon et s'excusa, me disant qu'elle allait devoir rentrer à la maison avant de s'endormir à même le sol.

"Mon endurance n'est plus ce qu'elle était, quand j'étais jeune comme toi, chérie." Elle était alors partie.

Je la regardais sortir de la double porte à l'arrière. Était-ce ainsi que j'étais destinée à finir ma vie ? Non pas qu'elle était une mauvaise personne, mais elle était seule et triste. Elle avait toujours un sourire prêt et un rire à montrer et à partager avec le monde, mais j'ai toujours noté cette tristesse tapie juste au bord de son monde.

Une tristesse similaire avait été tapie au bord de ma vie pendant longtemps. La seule fois dans mon histoire récente où j'avais oublié cela, c'était avec Seth. C'était comme s'il avait tout brûlé ce jour-là.

À la fin du film d'horreur, j'étais en train de combattre des larmes. Bien que Seth m'ait sauvé deux fois, et bien qu'il m'ait offert un jour lumineux, ensoleillé et heureux, il m'avait aussi apporté trois semaines de tourmente déchirante.

Ou bien était-ce moi-même qui avait provoqué cela ?

En regardant ma montre, j'avais remarqué que Seth devait toujours être au bar. Il était minuit, ce qui est tôt pour un samedi soir. Rien ne m'empêchait de prendre un dernier verre avant de rentrer chez moi.

J'avais besoin de le voir. Probablement une mauvaise idée, mais je devais le voir. Je n'avais pas pu l'oublier ces trois dernières semaines, alors pourquoi pas ? J'avais espéré qu'il m'appellerait au moins durant cette période, mais j'avais compris que quelque chose était arrivé le jour où j'étais partie ; après avoir fait l'amour, il avait agi très différemment de ce que j'avais imaginé. Il avait l'air collant, en manque d'affection, et ce n'est pas du tout ce que j'avais imaginé.

Peut-être que j'avais vraiment blessé ses sentiments. J'avais besoin de le voir, besoin de faire le point sur nous deux, et c'était l'occasion parfaite.

Chapitre 9

(Seth)

Imaginez ma surprise quand Katrina est entrée dans le bar un peu après minuit, telle une femme sortie tout droit d'un rêve, glissant à travers la pièce, tissant son chemin entre les clients et les tables de billard, et se dirigeant droit vers le bar. Et vers moi.

Je ne pouvais pas la quitter des yeux ; elle n'avait pas quitté mon esprit au cours des trois dernières semaines, et même si j'avais essayé de l'oublier avec d'autres femmes, ça n'avait jamais fonctionné. Je n'arrivais même pas à être performant au lit avec elles, peu importe ce qu'elles essayaient, peu importe ce que j'essayais. Je m'étais accroché à la pensée que, peut-être, j'avais une crise de la quarantaine quelques décennies en avance. Cela peut arriver aux hommes de passer par cette crise si tôt et cela me semblait être une bonne explication.

Jusqu'à ce qu'elle entre dans le bar ce samedi soir.

Par rapport à toutes les autres femmes que j'avais connues, Katrina avait l'air majestueuse alors qu'elle se dirigeait vers moi. Elle se distinguait de la foule ; elle était radieuse. Assez confiante pour venir au bar seule, assez innocente pour toucher mon cœur et assez sexy pour le faire fondre.

Le petit sourire sur son visage accentuait ses lèvres pleines et pulpeuses et leur besoin d'être embrassées. Je pouvais sentir ses lèvres sur moi à nouveau tandis que le souvenir de notre journée ensemble me revint à l'esprit et que ma bite se dressa immédiatement, bien que je combattis cela tant bien que mal.

La façon dont ses courbes poussaient sur ses vêtements à tous les bons endroits me rappelait la sensation de ces courbes sous mes mains, sous ma langue, sous *moi*, et mon sang galopait dans mes veines tandis qu'elle se hissait sur l'un des tabourets.

Avec un sourire aussi large que je pouvais, je lui dis, "Eh bien. Regardez qui a décidé de venir me voir. Comment vas-tu ?" Je lui offris un shot—après tout, je connaissais son alcool préféré—et lui versai un verre de Jaegermeister.

Son visage s'éclaira d'un véritable sourire et ses yeux s'illuminèrent alors qu'elle prenait son verre. "Je me suis dit que pour te revoir, je devais venir ici. Tu m'as simplement oubliée, ou quoi ?"

"Non. Tu m'as repoussé ce jour-là et je ne voulais pas que tu penses que je te mettais la pression. Je ne suis pas Curtis, Katrina. Si tu ne veux pas être avec moi, je ne te forcerai pas à l'être."

"J'ai été hors de la circulation pendant un certain temps. Tu sais, être avec Curtis depuis si longtemps, je ne sais plus vraiment comment gérer ce genre de choses. J'ai juste ... " elle leva son regard et le laissa à nouveau se poser sur le mien.

"Tu as juste, quoi, Katrina ? " J'ignorais à ce moment-là ce qu'elle voulait, pourquoi elle était venue au Big Hat.

Secouant la tête, elle esquissa un sourire nerveux. "Je ne sais pas. Je veux dire, sommes-nous ensembles ou avons-nous eu une simple aventure ?" Elle tendit son verre pour un autre shot.

J'étais sur le cul. Comment je répondais à cette question allait déterminer si j'allais être heureux dans le futur ou misérable comme en enfer. Je pouvais saisir l'opportunité, aller chercher l'or, ou me dégonfler et peut-être rater la meilleure chose qui puisse m'arriver.

Tout ce que j'avais à faire, c'était de me débarrasser du nœud dans mes tripes et de prendre ce petit risque. Je cherchais mes mots.

Finissant son shot, elle jeta de l'argent sur le bar, glissa de son tabouret, et me dit, "C'est pas grave. Tu n'as pas à le dire. Si ça prend autant de temps, je connais la réponse. C'est pas grave, vraiment. J'avais juste besoin de clarifier les choses pour pouvoir aller de l'avant, je suppose." Elle fit glisser le verre sur le comptoir et me fit un geste d'adieu avec ses doigts.

Je ne pouvais pas la laisser encore partir. Me ruant vers la porte dérobée, je la suivis dans l'allée sombre. "Hé ! Attends. C'est quoi ton truc avec cette porte ?" Je ris en l'attrapant.

Elle haussa les épaules.

Elle était belle même dans la lumière sale projetée par les anciennes lampes à arc de sodium à chaque extrémité de la ruelle.

"Ne sois pas fâchée." Je mis mes mains sur ses épaules, voulant l'attirer près de moi.

"Je ne suis pas fâchée, Seth. Je comprends que tu ne veuilles pas d'une relation, je voulais juste être sûre." Elle recula, hors de portée de mes mains.

"Tu crois que je ne veux pas d'une relation ?"

Elle hocha la tête.

"Cela veut dire que tu veux une relation ?" Je me rapprochai, mais sans la toucher.

Son regard tomba sur le sol et elle poussa un long soupir. "Qu'est-ce qu'il y a maintenant ? Tu veux que je te dise oui pour que tu te sentes égoïste. Je ne suis pas une de tes groupies, Seth. Bien sûr qu'on a couché ensemble, mais d'où je viens ça ne veut pas dire qu'on doit se marier, mon grand." Elle grommela en se retournant pour partir.

"Je te veux, Katrina." Lui criais-je tandis qu'elle s'éloignait.

Elle s'arrêta au milieu de cette allée sombre et se tourna vers moi.

Je me dirigeai vers elle. "Je te veux."

"Comment puis-je être sûre que tu ne te sens pas juste désolé pour moi ?"

Je pris sa main et la posa sur l'entrejambe de mon jean. "Est-ce que cela te donne l'impression que j'ai pitié de toi ?" Bon dieu, c'était si bon d'avoir sa main posée sur moi. Même à travers le denim, son toucher était différent de celui des autres.

Elle ne retira pas sa main. L'expression dans ses yeux passa de la dureté à la douceur, puis à carrément sensuelle. Elle pressa et je gémis. Je n'avais pas eu de sexe en trois semaines. J'étais prêt à exploser depuis qu'elle avait passé la porte du Big Hat.

En souriant, elle pressa de nouveau et se rapprocha. "Non, ça ne ressemble pas du tout à une érection compatissante."

"Si tu continues à me la serrer, tu vas finir par avoir des ennuis ici, dans la ruelle." Ma respiration était chaude, mon sang était chaud. Mon front était en sueur tandis que je combattais l'envie de lui arracher ses vêtements.

Elle me massait au travers de mon jean et me murmura: "je ne suis *pas* une de tes groupies. Je ne suis pas juste un bon coup, Seth." Mais elle ne s'arrêtait et continuait à me frotter.

"Je n'ai jamais pensé que tu l'étais, Katrina." Je mis ma main sur la sienne et lui fit arrêter. "Va-t-on terminer ce que nous avons commencé ou est-ce que tu vas t'enfuir ? Tu sais, des signaux contradictoires et tout ça."

"C'est une invitation ou un défi ?"

"Allons dans mon bureau pour le savoir, d'accord ?" Je la ramenai à travers les quelques clients, jusque dans mon bureau.

Une fois la porte fermée et verrouillée, je commençai à la déshabiller. Debout en sous-vêtements, je réalisai qu'elle ne s'était pas déshabillée. "Tu es en train de changer d'avis ?"

"Non, j'attendais que tu finisses pour que tu puisses me déshabiller. J'aime te regarder nu." Elle se mordit la lèvre de façon sexy et couvrit la distance entre nous en trois pas.

Essayant d'atteindre sa chemise, j'étais quasiment essoufflé tellement je la désirais.

"Pas encore. Retire ça. Laisse-moi te regarder." Elle pris sa propre poitrine en main et la serra à travers sa chemise tout en passant sa langue sur ses lèvres magnifiques, tout en laissant ses yeux sur mon entrejambe.

Ma bite palpitait tandis que je faisais glisser mes sous-vêtements au sol. L'air de la pièce était frais et agréable sur mon érection. Jamais une femme ne m'avait demandé de m'exhiber pour elle. C'était plus enivrant que mes boissons.

Elle pris mon manche et je n'ai pas bougé.

Chapitre 10

(Katrina)

L'excitation de Seth m'a déchirée. Je ne pouvais pas m'empêcher de poser mes mains partout sur lui. Il était si dur et si beau. Je voulais qu'il soit en moi, sur moi, qu'il prenne contrôle de moi. Mais d'abord, je voulais goûter à chaque partie de lui, comme il l'avait fait avec moi avant.

Serrant doucement, le taquinant et le caressant tandis que je mordillais et titillais avec ma langue sur sa peau chaude et tendue, Seth gémissait, se tendait et fléchissait tandis que je l'excitais. Son érection palpita lorsque mon souffle tomba dessus. Finalement, je vis qu'il ne pouvait supporter plus et je tombai à genoux devant lui. Ma bouche était à peine assez grande pour lui et quand je mis ma langue sur son gland, sa bite enfla encore plus. Je pouvais sentir le sang courir à travers les veines de son membre pendant que je m'en occupais lentement.

Gémissant bruyamment, il se pencha et saisit ma chemise, me relevant brusquement. Il arracha ma chemise et la lança au loin. Mon soutien-gorge suivit, puis il tira sur mon jeans jusqu'à ce qu'il soit sur mes chevilles. Je criais chaque fois qu'il tirait. C'était excitant, et j'étais prête à l'action. Il retira ma chaussure droite et la jeta à travers la pièce. Puis il retira mon jean par ce pied, le libérant pour qu'il puisse écarter mes jambes.

Il grogna, "Penche-toi sur le bureau. Je n'en peux plus ; je dois être en toi maintenant."

Je me suis penchée sur les papiers éparpillés sur son bureau. Tout d'un coup, sa langue se jeta sur ma chatte, puis sur mon cul. J'arrivai à peine à contenir mon cri de pure extase. Seth était debout derrière moi et appuya sa bite contre ma fesse, attrapa une poignée de mes cheveux, me gifla le cul assez fort pour obtenir un cri, et utilisa sa main libre pour caresser et serrer mes seins jusqu'à ce que mes tétons me fassent mal.

"Tu es toute mouillée, Katrina. Qu'est-ce que tu veux maintenant ? Dis-moi ce que tu veux." Il appuya son gland contre ma chatte exposée et j'essayai de l'attirer en moi.

Je le voulais à l'intérieur de moi. "Je te veux, Seth."

"Pas assez précis ; dis-moi ce que tu veux. Ça ?" Il appuya sa bite contre mon cul.

Hochant la tête, tirant sur sa main agrippant mes cheveux, je lui dis, "Oui. Je veux ça. S'il te plaît."

"Oh, j'aime cette partie où tu me supplies, mais j'ai peur que tu doives me décrire dans les moindres détails salaces ce que tu veux." Il s'approcha et s'occupa de mon clito jusqu'à ce que j'aie un orgasme tremblant, presque hurlant, qui me laissa sans jambes et à peine capable de supporter mon poids.

Haletante, je lui dit alors ce que je voulais qu'il ne fasse.

Chapitre 11
(Seth)

J'ai donc pris le risque. Nous avons passé deux heures cloîtrés dans mon bureau ce soir-là. On pouvait à peine marcher quand il était temps de partir. J'ai découvert que Katrina était un chaton sexuel avec une bouche de prostituée. Je n'avais pas imaginé qu'elle ait aimé le sexe tout autant que moi. Elle était insatiable au cours des semaines suivantes et, souvent, je m'échappais du boulot pour pouvoir être à la maison quand elle avait fini son service à l'hôpital.

On est ensemble depuis six mois maintenant et je peux dire honnêtement que risquer ma vie pour la protéger de ce désaxé de Curtis est la meilleure chose que j'ai jamais faite.

Chapitre 12

(Katrina)

Six mois après cette première nuit de sexe dans le bureau de Seth, on est toujours ensemble. Et nous avons été submergés par notre désir plusieurs fois au bar. Au bar, dans sa voiture, dans le salon, la cuisine, et même une fois au milieu de la nuit sur le pas de ma porte. On n'a jamais assez l'un de l'autre.

Si on ne parle pas de mariage, je suis sûre qu'aucun de nous n'a l'intention de partir. Pourquoi le ferions-nous alors qu'on est si heureux ensemble ?

Finalement, je suis contente que Curtis soit devenu complètement fou et ait essayé de me tuer. À l'époque, j'étais terrifié, mais cet incident m'a conduit à l'homme avec qui, je pense, ça ne me dérangerait pas de rester pour le restant de ma vie. Sans la fusillade, Seth et moi ne serions pas en couple maintenant.

Parfois je m'assois et j'imagine combien ma vie aurait été différente si Curtis n'avait pas essayé de me tuer. Très probablement je l'aurais repris—j'ai toujours semblé le faire. Et si je l'avais ramené et qu'il n'avait pas essayé de me tirer dessus, on se disputerait encore sur les vêtements que je porte, avec qui je peux parler et quels amis je n'ai pas le droit d'avoir et pourquoi.

Si je revois Curtis, je pense que je le remercierai.

Mon protecteur accidentel est devenu mon amant.

Cela me convient parfaitement.

FIN

www.ingramcontent.com/pod-product-compliance
Lightning Source LLC
Chambersburg PA
CBHW020601130626
46552CB00007B/2991